BEAUX BIJOUX

IMPORTANT COLLIER

ET 18 RANGS

DE PERLES

Belles Emeraudes et Perles

SUR PAPIER

CATALOGUE

D'UN

Important Collier de Perles

DE

BEAUX BIJOUX

ENRICHIS DE BRILLANTS, PERLES, ÉMERAUDE

Dix-neuf Colliers de Perles

BELLES ÉMERAUDES TAILLÉES ET PERLES SUR PAPIER

DONT LA VENTE AUX ENCHÈRES PUBLIQUES

PAR SUITE DE LIQUIDATION JUDICIAIRE

Et en vertu d'ordonnance de M. le Juge-Commissaire

AURA LIEU

HOTEL DROUOT, SALLE Nº 6

LES LUNDI 25 ET MARDI 26 MAI 1914

A deux heures précises

COMMISSAIRES-PRISEURS

Mᵉ Eugène **BAILLY**	Mᵉ **MAURICE** PECQUET
9, rue Notre-Dame-des-Victoires	64, rue d'Amsterdam

EXPOSITION PUBLIQUE

Le Dimanche 24 Mai 1914, de 2 heures à 6 heures

CONDITIONS DE LA VENTE

Elle aura lieu expressément au comptant.

Les adjudicataires paieront *dix pour cent* en sus des enchères.

En raison de la nature judiciaire de la vente, les indications de poids et de moyennes ne sont portées au Catalogue qu'à titre de simples renseignements.

L'Ordre du Catalogue ne sera pas suivi.

L'ordre des vacations sera indiqué le jour de l'exposition.

Paris. — Imp. de l'Art, Ch. Berger, 41, rue de la Victoire.

DÉSIGNATION

COLLIERS DE PERLES

1 — **Beau Collier** d'un rang de **SOIXANTE-NEUF PERLES** avec fermoir platine.

5 perles	58 gr. 16,	moy.	11 gr.	63	à 1 fois	676.40
8 —	71 gr.	—	8 gr.	87	—	629.77
8 —	52 gr. 32	—	6 gr.	54	—	342.17
14 —	73 gr. 20	—	5 gr.	22	—	382.10
34 —	115 gr. 68	—	3 gr.	40	—	393.31

69 perles

2 — **RANG** de soixante-dix-neuf perles.

1 perle	10 gr. 80,	moy.	10 gr.	80	à 1 fois	116.64
4 —	29 gr. 12	—	7 gr.	28	—	211.99
19 —	87 gr. 16	—	4 gr.	58	—	399.19
25 —	73 gr.	—	2 gr.	92	—	213.16
30 —	45 gr. 60	—	1 gr.	52	—	69.31

79 perles

3 — **RANG** de quatre-vingt-onze perles.

1 perle	7 gr. 40,	moy.	7 gr.	40	à 1 fois	54.76
10 —	38 gr. 84	—	3 gr.	88	—	150.69
21 —	60 gr. 88	—	2 gr.	89	—	175.94
59 —	87 gr. 40	—	1 gr.	48	—	129.35

91 perles

4 — Rᴀɴɢ de quatre-vingt-treize perles.

2 perles	17 gr. 64,	moy.	8 gr. 82	à 1 fois	155.58
7 —	40 gr. 68	—	5 gr. 81	—	236.35
13 —	46 gr.	—	3 gr. 53	—	162.38
71 —	120 gr. 20	—	1 gr. 69	—	203.13

93 perles

5 — Rᴀɴɢ de quatre-vingts perles.

1 perle	6 gr. 40,	moy.	6 gr. 40	à 1 fois	40.96
8 —	33 gr. 08	—	4 gr. 13	—	136.61
26 —	77 gr. 40	—	2 gr. 97	—	229.87
45 —	82 gr.	—	1 gr. 82	—	149.24

80 perles

6 — Rᴀɴɢ de quatre-vingt-dix-neuf perles.

5 perles	29 gr. 12,	moy.	5 gr. 82	à 1 fois	169.47
14 —	45 gr. 80	—	3 gr. 27	—	149.76
38 —	71 gr.	—	1 gr. 86	—	132.06
42 —	27 gr. 60	—	0 gr. 65	—	17.94

99 perles

7 — Rᴀɴɢ de cent une perles.

1 perle	6 gr. 84,	moy.	6 gr. 84	à 1 fois	46.78
16 —	54 gr. 12	—	3 gr. 38	—	182.92
33 —	65 gr. 84	—	1 gr. 99	—	131.02
51 —	67 gr.	—	1 gr. 31	—	87.77

101 perles

8 — Rang de quatre-vingt-dix-neuf perles.

1 perle	9 gr. 56,	moy.	9. gr. 56	à 1 fois	91.39
2 —	13 gr. 28	—	6 gr. 64	—	88.17
13 —	40 gr. 28	—	3 gr. 09	—	124.46
83 —	105 gr. 68	—	1 gr. 27	—	134.21

99 perles

9 — Collier de cent cinq perles.

1 perle	9 gr. 04,	moy.	9 gr. 04	à 1 fois	81.72
2 —	12 gr. 36	—	6 gr. 18	—	76.38
8 —	30 gr. 12	—	3 gr. 76	—	113,25
94 —	119 gr.	—	1 gr. 26	—	149,94

105 perles

10 — Rang de quatre-vingt-onze perles.

1 perle	7 gr. 72,	moy.	7 gr. 72	à 1 fois	59.59
6 —	24 gr. 80	—	4 gr. 13	—	102.42
16 —	45 gr. 52	—	2 gr. 84	—	129.27
68 —	92 gr. 72	—	1 gr. 36	—	126.09

91 perles

11 — Rang de quatre-vingt-dix-neuf perles.

1 perle	5 gr. 40	moy.	5 gr. 40	à 1 fois	29.16
5 —	19 gr. 12	—	3 gr. 82	—	73.03
29 —	63 gr. 72	—	2 gr. 19	—	139.54
64 —	73 gr. 20	—	1 gr. 14	—	83.44

99 perles

12 — Rang de quatre-vingt-dix-sept perles.

1 perle	7 gr. 24, moy.	7 gr. 24 à 1 fois	52.40
3 —	11 gr. 72	—	3 gr. 90	—	45.70
14 —	37 gr. 20	—	2 gr. 65	—	98.58
79 —	99 gr. 20	—	1 gr. 25	—	124. »

97 perles

13 — Rang de cent deux perles.

1 perle	5 gr. 88, moy.	5 gr. 88 à 1 fois	34.57
8 —	25 gr. 44	—	3 gr. 18	—	80.89
23 —	47 gr. 36	—	2 gr. 05	—	97.08
70 —	83 gr. 92	—	1 gr. 19	—	99.86

102 perles

14 — Rang de cent six perles.

1 perle	7 gr. 36, moy.	7 gr. 36 à 1 fois	54.16
2 —	7 gr. 48	—	3 gr. 74	—	27.97
10 —	27 gr.	—	2 gr. 70	—	72.90
93 —	110 gr. 40	—	1 gr. 18	—	130.27

106 perles

15 — Rang de cent une perles.

1 perle	4 gr. 52, moy.	4 gr. 52 à 1 fois	20.43
22 —	45 gr. 60	—	2 gr. 07	—	94.39
78 —	94 gr. 40	—	1 gr. 21	—	114.22

101 perles

16 — Rᴀɴɢ de cent vingt-huit perles.

1 perle	4 gr. 08, moy.	4 gr. 08 à 1 fois	16.64
4 —	9 gr. 80 —	2 gr. 45 —	24.01
29 —	34 gr. 92 —	1 gr. 20 —	41.90
94 —	64 gr. —	0 gr. 68 —	43.52

128 perles

17 — Rᴀɴɢ de cent vingt et une perles.

1 perle	4 gr. 12, moy.	4 gr. 12 à 1 fois	16.97
6 —	11 gr. 68 —	1 gr. 94 —	22.65
39 —	41 gr. 92 —	1 gr. 07 —	44.85
75 —	43 gr. 36 —	0 gr. 56 —	24.28

121 perles

18 — Cᴏʟʟɪᴇʀ de quatre-vingt-deux perles.

82 perles pesant 219 gr. 40.

19 — Rᴀɴɢ de cent sept perles.

107 perles pesant 132 gr. 92.

20 — Cᴏʟʟɪᴇʀ de trois rangs de petites perles avec fermoir or.

PERLES SUR PAPIER

21 — PERLE poire, pesant 20 gr. 76.

22 — PERLE bouton chinoise, pesant 42 gr. 20.

23 — PERLE rosée plate, pesant 33 gr. 36.

24 — PERLE teintée, pesant 24 gr. 64.

25 — PERLE teintée, pesant 34 grains.

26 — PERLE haute bleutée, pesant 38 gr. 60.

BIJOUX MONTÉS

27 — Bague en platine, montée d'un gros brillant.

28 — Bague en or, formée d'une très belle émeraude entourée de huit brillants.

29 — Bague, formée d'un brillant navette blanc bleu, entouré d'émeraudes.

30 — Bague en or, montée d'un brillant carré.

31 — Bague, montée d'une perle blanche légèrement poire.

32 — Bague, montée d'une perle percée.

33 — Bague, formée d'une perle entourée de petits brillants. Perle : 17 gr. 40.

34 — Bague croisée, composée d'une perle et d'un brillant.

35 — Bague en platine, composée d'un brillant, avec petits brillants sur le corps.

36 — Bague marquise en or, montée de brillants.

37 — Paire de boutons d'oreilles, composés d'une perle chacun.

38 — Paire de boucles d'oreilles à pendants, ornées de brillants.

ÉMERAUDES SUR PAPIER

39 — DEUX ÉMERAUDES taillées, pesant 14 carats 93.

40 — DEUX ÉMERAUDES taillées, pesant 10 carats 57.

41 — DEUX ÉMERAUDES taillées, pesant 8 carats 54.

42 — ÉMERAUDE taillée, pesant 8 carats 64.

43 — ÉMERAUDE taillée pesant 8 carats.

44 — TROIS ÉMERAUDES taillées, pesant 8 carats 72.

45 — ÉMERAUDE taillée, pesant 2 carats 95.

46 — DEUX ÉMERAUDES taillées, pesant 2 carats 47.

47 — QUATRE ÉMERAUDES taillées, pesant 8 carats 09.

48 — SIX ÉMERAUDES taillées, pesant 8 carats 79.

49 — SIX ÉMERAUDES taillées, pesant 6 carats 55.

50 — SIX ÉMERAUDES taillées, pesant 4 carats 89.

51 — CENT SOIXANTE ÉMERAUDES cabochons, pesant 138 carats.